LE BALET

DES

QVOLIBETS, DANSE'

AV LOVVRE, ET A LA MAI-
son de Ville.

*Par Monseigneur Frere du Roy, le
quatriesme Ianuier 1627.*

Composé Par le sieur de
Sigongnes.

A PARIS,

Chez { AVGVSTIN COVRBE', Imprimeur & Librai-
re de M.' Frere du Roy.

ET

ANTHOINE DE SOMMAVILLE, au Palais
dans la petite salle.

M. DC. XXVII.

LE
BALET DES

QVOLIBETS, DANSE'
au Louure, à la Maison de vil-
le & à l'Arsenac, par Monseigneur frere du Roy.

MAISTRE ALIBORVM.

Lus resolu qu'vn Maquignon,
Plus sec qu'vn Espagnol malade;
Plus fâtasque qu'vn Bourguignõ,
Qui mange vne capilotade,
I'ay passé mes plus ieunes ans
mille sottises diuerses,
En ost auec des partisans
Tant le d'ennuis & de trauerses,
Comb au milieu des forests
Tant°

Poursuyuant les bestes sauuages,
Et tantost parmy les guerets,
En raccoustrant des pucelages,
En tous endroits, en tous quartiers
Ie passois mon temps sans enuie,
Et toutes sortes de mestiers
Exerçoient ma premiere vie.
Les peintres estoient estonnez
Quãd i'auois peint quelques visages,
Et se trouuoyent vn pié de nez
En considerant mes ouurages.
I'enseignois les enlumineurs,
Les architectes, les orfeures,
Et deuant moy les chicaneurs,
N'ozoient pas remuer les léures.
Les guerriers les plus redoutez
Se tenoient sur la defiance:
Et les plus experimentez
Cedoient à mon experience.
Bref de tout ce qu'on peut sçauoir
I'auois la science parfaitte:
Les prodiges de mon pouuoir
Rendoient la sorbonne deffaitte.
Les Docteurs, & les artisans
Marchoient d'vne mesme cadance.
Les laquais, & les courtisaux
Sortoient d'vne mesme balance.
Les pratiques de tous les Arts
M'estoient aussi peu difficiles

Que les victoires des Cesars
Parmy les peuples imbeciles.
Maintenant ie ne sçay plus rien
I'ay perdu toute ma science :
Et moy qui n'ay guere de bien
Suis contrainct d'auoir patience.
Pourtant ie suis assez sçauant,
Et qui voudra qu'il me responde :
Ie sçay comme on fait vn enfant
mieux que tous les hommes du monde.

Maistre Mouche.

IE viens sans fraize ny rotonde
Vous monstrer mille tours diuers,
Moy qui courant par l'Vniuers,
Attrape tousiours tout le monde.
  Ie zcamotte le cotillon
Sans que pas vn s'en apperçoiue :
Et sans qu'vne fille conçoiue
Ie luy monstre le carillon,
  Ie sçay iouër au trou madame
Mieux que tous les hommes viuants :
Et les docteurs les plus sçauants
Ne lirent iamais dans mon ame.
  Ie me trauaille nuict & iour
A faire de nouueaux miracles
Alors que ie rends les oracles
Les plus celebres de l'amour.
  Quelque jeu que l'on me propose
Ie le gaigne facilement,

Et par vn simple mouuement
Ie fais vne plus belle chose.

    Ie ne suis iamais rembarré
Ny les femmes les plus testües
Ioüant aux dames rabatües
Ne m'ont iamais contrequarré,

    Maistre gonnin est sans finesse
Au prix de mes inuentions:
Ie sçay faire des actions
Qui resiouyssent la ieunesse.

    Soit que mon corps se plie en deux,
Soit que de mon long ie m'estende,
Ie fais cognoistre à ma galande,
Des traicts qui ne sont point douteux:

    Ie dis les bonnes aduentures,
Et sans sçauoir parler latin
Sans moy ce drosle d'Arestin
N'eust pas inuentè ses postures.

    Ie les fais beaucoup mieux que luy
Ie vous en donne ma parole,
Et si ie monstre en mon escole
Comme il faut se tirer d'ennuy,

    Tant de siecles & tant d'années
Que ie roulle par tant de lieux.
Ont estonné mesme les dieux
De voir mes rares destinées,

    Belles venez à mon hostel;
Ie vous feray toutes deesses:
Vne seule dà mes caresses

Rendra vostre sexe immortel.

Les Valets de maistre Mouche.

Nous ne sommes point cazaniers,
  Nous sommes gens de raillerie,
Dans des salles, dans des greniers,
Derriere vne tapisserie,
  Sur vn coffre ou contre vn buffet,
Nous monstrons tousiours par effect
Que les valets de mouche
En prenant l'amoureux delict
Font fermer les yeux & la bouche
Aux femmes qui sont dans le lict.

Maistre Gonin.

Dames qui ne cognoissez pas
  Mes delices, ny mes esbats,
Regardez-moy dans le visage,
Et considerez auiourd'huy,
Que Maistre Gonin est plus sage
Que ceux qui se mocquent de luy.
  Ie sçay iouër des Gobelets
Autre part que dans les balets.
Ie sçay la plus belle posture
Qui soit dans l'Escole d'amour,
Que ie monstre par tablature
A tous les Anges de la Cour.
  Mon Godenot estrauagant
Produit ie ne sçay quel vnguent,
Qui chatoüille en conscience:
Et si vous croyez que ie mente

Vous en verrez l'experience
Dans trois ou quatre mouuements,
　　Dans ces agreables concerts
I'ay deux balles dont ie me sers,
Que ie passe par dans ma bouche,
Et fais des tours beaucoup meilleurs,
Car si quelque femme me touche:
Ie les fais ressortir d'ailleurs.
　　Ie suis le plus ingenieux,
Qui parut iamais sous les Cieux:
Ie porte vn baston de mesure,
Dont quinze pouces de longueur,
Par les effects de la Nature
Amortiroit vostre langueur.
　　Mon entonnoir a des ressorts
Qui me font remuer le corps
Plus dru qu'vn coq qui se secoue,
Et lors ie rencontre à tastons
Vne boiste dont ie me ioue
Autrement qu'auec des ierrons.
　　Ie sçay mille subtilitez
Qui garentissent les beautez
Des Rousseurs & de la iaunisse:
Et si vous croyez mon aduis,
Belles acceptez mon seruice,
Vos cœurs en seront tous rauis.
　　Mais auant ie vous aduertis
De prendre garde à mes outils:
Car s'il faut que ie vous approche,

Et s'il arriue quelquesfois
Que mon cadenast vous accroche,
Vous n'en serez que pour neuf mois

Le niais de sologne.

BElles dames ie ne dis mot:
Ie suis niais en apparence,
Ainsi Iupiter fit le sot
Se despoüillant de sa puissance.

Pour prendre en terre ces esbats,
Auec les beautez d'icy bas:
Et moy pour suiure le prouerbe,
Que les sots le font à tastons,
Ie tire l'essence d'vne herbe,
Qui peut faire enfler des testons.

Le niais de Normandie.

SAns m'arrester à la cadance
D'aucune sorte d'instrument,
I'exerce vn certain mouuement,
Qui tesmoigne mon innocence.

I'y vas de tort & de trauers,
Et lors qu'vne femme à l'enuers
Veut qu'auecq'elle ie m'ioue,
Que i'aille de droit ou de biais,
Il n'importe, il faut qu'elle aduoüe
Que ie ne suis pas trop niais.

Le Lanternier.

NOus sommes gens à la moderne,
Qui portans tousiours la lanterne
Comme ce Cynique estourdy,

Qui

Qui deuant le siecle ou nous sommes
Dans la trouppe de tous les hommes,
Cherchois vn homme en plain midy,
Nous rencontrons par tout des asnes,
Qui portent pourpoinéts & manteaux;
Des cheuaux bardez de soutanes
Et des mulets sous des rideaux.
    Toutesfois apres ces desastres
Nous louons la terre & les astres,
Et le souuerain element,
De nous faire voir des merueilles,
Que les langues ny les oreilles
Ne comprennent pas seulement,
Auiourd'huy par vne contrainte
(Beaux yeux, qui luisez sans pareils)
Le Soleil s'est caché de crainte,
De voir luire tant de soleils.

Le Maistre d'Hostel des escabelles.

BElles merueilles d'icy bas,
Dont la nature admire les appas,
Aprés la gloire de mes armes
Suis-ie pas trop heureux de ceder à vos charmes?
Ie fais vne folle action
Pour vous monstrer ma disposition
En remuant mes escabelles:
Mais si i'estois au lict i'en serois de plus belles.
En quelque lieu que mes efforts
Facent parestre vn effect de mon corps
Ie n'ay ny maistres ny maistresses:
I'emporte le dessus des Dieux & des Déesses.

Ma valeur differe en ce poinct,
Que ie combats les hommes en pourpoinct
Où les plus redoutez courages
Sont côtraints de quitter leurs fureurs & leurs rages
Et lors qu'vne diuinité
Veut esprouuer ma generosité,
Si tost que la lice est permise,
Pour entrer au combat ie quiste ma chemise.

Les Duppes de Normandie.

Nous sommes duppes de façon
Qu'en destachant le caleçon
Toutes les femmes nous accollent :
Et quand nous descouurons le pot,
Nous sentons qu'elles nous bricollent
Comme vne balle en vn tripot.

Les Chau-lanciers.

Apres auoir couru la terre
Dont nos valeurs ont fait le tour,
Nous venons pour faire la guerre
Aux belles Dames de la Cour.
Nos forces sont espouuentables.
Nos courages sont indomptez,
Nos victoires ineuitables,
Nous traittent de diuinitez.
Sy le sanglant Dieu des alarmes
Pour ses chers enfants nous a pris,
Nous tenons encore des armes
De la belle main de Cypris.
A cheual ou dans la barriere

Les guerriers sentent nos efforts,
Et les femmes dans la carriere
La dexterité de nos corps.

   Nous sommes par tout inuincibles
Comme nous le sommes ceans :
Par des prodiges indicibles
Nous desarçonnons les geants.

   Quand vne femme veut combatre
D'vn tronçon de lance escourté
Nous ne manquons iamais d'abatre
Le but qui nous est presenté.

Guillot le resueur.

ENdormy d'vn profond sommeil
Ie songe pourquoy le soleil
N'a point de rauissantes flames
Dans la clarté du plus beau iour,
Comme en ont les beaux yeux des Dames,
Qu'on voit reluire en ceste Cour.

   Ie resue pourquoy les mortels
Ne dressent point assez d'autels
Pour leur faire des sacrifices,
Et pourquoy les dieux arrestez
Dans le deuoir de leurs offices
N'accourent point voir leurs beautez.

   Ie songe pourquoy leurs attraits
Ne sont en cent mille portraicts
Portez dans le ciel par les Anges,
Et pourquoy leurs plus chers amans
N'ont pas fait sonner leurs loüanges
Aux quatre coings des elements.

   Ie considere les langueurs

Que ie souffre par les rigueurs
De ma Deesse inexhorable ;
Et neantmoins ma liberté
M'auoit rendu plus miserable
Que ne faict ma captiuité.

Ie ne resue parmy ces ieux
Qu'en mon sort desauantageux:
Pourquoy ma triste inquietude
Messagere de mon trespas
Me tiens-tu dans la solitude
Au milieu de tous ces appas ?

Rougé bon temps à sa maistresse.

AVant qu'amour m'eust tourmenté
De la façon qu'il me tourmente
Ie ne viuois inquieté
De pas vne affaire importante
Ie cherissois ma liberté :
Mon ame estoit indifferente:
Ie mettois dans l'esgalité
La bergere & la Presidente.

Mes esprits lors estoient contents :
I'estois vn vray rougé bon temps ;
Mais depuis qu'vne belle dame
A possedé mes volontez
Ie n'ay plus d'autre soin de l'ame
Sinon d'adorer ses beautez.

A toutes les dames.

Ie suis vn homme de gambade
Qui gueris à coups d'estocade
Aux filles les palles couleurs
Et qui dans deux tours de souplesse

Sçais faire appaiser les douleurs
De l'endroit ou le bas les blesse.

Le Capitaine riflandoüille.

TAnt de lauriers qui me couronnent,
Tant de soldats qui m'enuironnent,
Tant de peuples que i'ay battus,
Et tant d'actions memorables
Sont des tesmoins irreprochables
Du merite de mes vertus.

Par tout ou le soleil se monstre
Chacun sçait comme à ma rencontre,
Les bataillons sont fracassez;
Et combien Caron & la parque
Ont de peine à mener la barque
A tous ceux que i'ay terracez.

Mon seul élement est la guerre,
Et ma musique est le tonnerre
Des trompettes & des canons:
Mes ennemis aux mousquetades,
Ie leur fais faire des gambades,
Comme vn basteleur aux guenons.

Fort & vaillant comme vn hercule,
Ie fais que mon homme recule,
Deuant moy sans faire de bruit,
Et sans emprunter d'autres peres
Ie puis faire cinquante meres
Dedans l'espace d'vne nuict.

Les francs Taupins.

NOus ne sommes point endormis
Contre des plats & des marmites:
Nous traittons mal nos ennemis.
Quand ils viennent sur nos limites.
Si nous sommes estropiez

Des bras des jambes & des pieds,
Cela n'estonne point nos ames ;
Ce sont les fruicts de nos mestiers:
Mais quand nous combatons les dames,
Nos meilleurs membres sont entiers.

Iocrice.

Resueur comme vn vieux citadin
Si ie fais icy le badin ;
Si comme vn gros valet à gage
I'accommode tout le mesnage;
Si ie decrotte des haillons,
Des soulliers & des cotillons;
Si ie cueille de la bourrache
Tous les matins pour nostre vache,
Et que ie luy tire son laict;
Si i'estrille nostre mulet,
Nos iuments & nos haridelles
Si ie frotte nos escabelles ;
Si lors que l'on me vint trouuer
Ie mettois les poules couuer ;
Si ie vais nettoyer la fuye:
Si ie mets de l'eau dans la buye;
Si i'ay mille coups de bastons
Quand i'ay mal pensé nos moutons;
Si i'escreme nostre fourmage ;
Si ie fais à ma femme hommage;
Si ie braye & gruge le lin:
Si ie porte l'orge au moulin :
Si i'ay le soin de la preceure:
Si moy-mesme ie bats le beurre:
Si ie mets de l'herbe à monceaux,
Pour faire manger les pourceaux :
Bref si comme vn badaut infame

Ie fais le valet de ma femme :
Pour le moins en ces actions
Ay-ie ces consolations
Que ie vy de ceste maniere
Afin de me donner carriere
Et quantité d'autres que moy
Seront sujets à ceste Loy
Tant que leurs femmes toutes nuës
Maintiendront leurs testes cornuës :
Que si les dames de ce temps
Veulent auoir du passetemps
D'vn homme basty de ma sorte,
Elles verront comme i'emporte
Le prix sur tous les amoureux ;
Et comme les plus valeureux
Doiuent ceder à ma routine
Lors que ie suis sous la courtine.

Les Ambassadeurs.

Nous deffions les barbes grises.
D'executer nos entreprises,
Quoy qu'ils soient experimentez :
Ils en ont bien la theorique ;
Mais nous nous monstrons par pratique
Approchant des diuinitez
Que nous sçauons la retorique.

Le Baladin.

En quelque lieu que ie me trouue
Il faut que tout le monde approuue
L'air de ma disposition.
Lors que ie dance ie fais rage ;
Et faisant vne autre action
I'ay bien encor plus de courage.

Maistre antitus des cressonnières

Souuent auprés des cressonnieres
Où les bergeres vont chanter,
Ie prens de belles prisonnieres,
Qui se plaisent à me tenter.
Sur les prés & dans les fougeres
Nous nous diuertissons le iour;
Et soubs les voûtes boccageres
Nous sacrifions à l'amour.
Sans connoistre les artifices
Dont se seruent tous les Amants
Elles trouuent dans mes seruices
Leurs petits diuertissements.

Belles Dames ie vous coniure,
Fiez-vous à maistre Antitus:
Dans les plaisirs de la Nature
Ie suis la vertu des vertus

Les valets de maistre Gonin.

Nous sçauons iouer de la grippe,
Et faire sortir vne trippe
Du bout de nostre flageolet.
Qui feroit rire vne bigote
Et qui fait enfler vne mote
Sur la bouche d'vn gobelet.

Les Marmousets.

Nostre instrument est bien petit,
Mais il donne de l'appetit
Pour contenter vne deesse:
Et bien que nous soyons enfants,
Nous seruirons vne Maistresse
Aussi bien que ces elephants.

F I N.